VROUM!

Robert Munsch

Illustrations de
Michael Martchenko

Texte français de
Christiane Duchesne

Éditions
SCHOLASTIC

Les illustrations de ce livre ont été réalisées à l'aquarelle
sur du carton à dessin Crescent.

La conception graphique de ce livre a été faite en QuarkXPress,
en caractère Stone Sans 20 points.

Catalogage avant publication de la Bibliothèque nationale du Canada
Munsch, Robert N., 1945-
[Zoom!. Français]
Vroum! / Robert Munsch ; illustrations de Michael Martchenko ;
texte français de Christiane Duchesne.

Traduction de : Zoom!.
Pour enfants.
ISBN 0-7791-1433-7

I. Duchesne, Christiane, 1949- II. Martchenko, Michael III. Titre.
IV. Titre: Zoom!. Français.

PS8576.U575Z3614 2002   jC813'.54   C2002-903634-8
PZ23.M86Vr 2002

ISBN-13 978-0-7791-1433-7

Édition publiée par Les Éditions Scholastic,
604. rue King Quest, Toronto (Ontario) M5V 1E1

10 9 8 7 6   Imprimé à Singapour 46   10 11 12 13 14

Pour Lauretta Reid, Orillia (Ontario)
— R.M.

— Mon fauteuil roulant est vieux et tout déglingué! dit Laurie à sa maman qui vient la chercher à l'école. Je l'ai depuis toujours! Il m'en faut un neuf!

— Ça tombe bien, répond sa maman. Nous allons aujourd'hui même en acheter un nouveau. Je voulais te faire une surprise!

Laurie et sa maman s'en vont donc
acheter un fauteuil roulant tout neuf.

— Laurie, que dirais-tu de celui-ci?
Regarde-moi ça! Un beau fauteuil
à 5 vitesses!

Et voilà Laurie qui part à travers
le magasin.

VROOOOUM!

VROOOOUM!

VROOOOUM!

— Trop lent! dit-elle.

— Et celui-ci, Laurie? Regarde-moi ça!
Un beau fauteuil à 10 vitesses!
Laurie repart à travers le magasin.

VROOOOOOOUM!

VROOOOOOOUM!

VROOOOOOOUM!

— Trop lent! dit-elle.

— Que penses-tu de celui-ci, alors? Regarde-moi ça! Un beau fauteuil à 15 vitesses. Super! Mauve, vert et jaune. Et il coûte très cher!

Laurie file à travers le magasin.

VROOOOOOOOOOOOOOUM!

VROOOOOOOOOOOOOOUM!

VROOOOOOOOOOOOOOUM!

— Trop lent! dit-elle.

— Mais alors, Laurie, quelle sorte de fauteuil veux-tu?

Laurie se dirige vers le fond du magasin et dit :

— C'est celui-là que je veux. Le nouveau fauteuil tout-terrain à 92 vitesses, noir, argent et rouge.

— Oh, non! dit sa maman. C'est BEAUCOUP trop cher. Ça va BEAUCOUP trop vite. Et tu es BEAUCOUP trop petite pour ce genre de fauteuil.

— Pourquoi ne pas l'essayer? dit la vendeuse. Prenez-le pour la journée. Vous verrez bien si vous l'aimez.

— Super! s'écrie Laurie. Je peux l'essayer toute une journée et cela ne coûtera pas un sou! S'il te plaît, dis ouiiiii!

— Bon, d'accord, dit sa maman.

Elles rentrent à la maison avec le nouveau fauteuil. Laurie met le fauteuil en première vitesse et remonte l'allée.

VROUM!

Mais la première vitesse est bien trop lente. Elle passe en 10e vitesse.

VROOOOOOOOUM!

Encore trop lent. Laurie passe donc en 20e vitesse. Ça va vite!

VROOOOOOOOOOOOOOOOUM!

Elle fonce sur son frère.

— Laurie! proteste son frère. Si tu veux aller aussi vite, ne roule pas dans l'allée. Va plutôt sur la route.

— Bon, bon, répond Laurie. Je m'en vais sur la route.

Laurie va sur la route, met le fauteuil en 92e vitesse,

VROOOOOOOOOUM!

et file à toute allure!

Un policier arrive à la hauteur de Laurie et descend la vitre de sa portière.

— Range-toi sur le côté, petite. Tu vas trop vite.

Laurie obéit, et le policier lui donne une contravention de cent dollars, qu'il attache à son poignet.

— Retourne chez toi, maintenant! Tu ne devrais pas rouler sur la route.

— Je suis dans un beau pétrin! dit Laurie en rentrant chez elle. Dans un beau pétrin! Un beau pétrin!

— Tiens, qu'est-ce que tu as au poignet? demande sa maman quand elle arrive à la maison.

— C'est un billet, dit Laurie.

— Oh! Un billet de cinéma? demande sa maman.

— Non, dit Laurie.

— Un billet de hockey?

— Non.

— Un billet de baseball?

— Non, dit Laurie. C'est un billet pour excès de vitesse en fauteuil roulant. Une contravention de cent dollars.

— Oh, non! dit sa maman. C'est terrible. Que va dire ton père? Que va dire ta grand-mère? Que vont dire les voisins?

(Toutes les mamans font ça! Celle de Laurie continue de se lamenter encore longtemps...)

Puis c'est l'heure du souper.

— Ce fauteuil roulant va beaucoup trop vite, dit le père de Laurie. Nous allons le rapporter au magasin.

— Oui, dit la mère de Laurie. Il va beaucoup trop vite. Nous allons le rapporter au magasin.

Pendant ce temps, le grand frère de Laurie essaie de parler au téléphone et de donner à manger au chien, tout en se disputant avec Laurie et en brandissant sa fourchette... qu'il finit par piquer dans son doigt.

— DU SANG! hurle la maman de Laurie.

— DU SANG! hurle le papa de Laurie.

— Quelle maison de fous! marmonne Laurie.

Toute la famille court à la voiture.
Mais la voiture refuse de démarrer.

— Oh, non! dit la maman de Laurie.
Qu'allons-nous faire? Nous ne pouvons
pas l'amener à l'hôpital.

— Ne vous en faites pas, dit Laurie.
Je vais l'amener en fauteuil roulant.

Elle installe son frère sur ses genoux
et descend la rue en 92e vitesse.

VROOOOOOOOOOOOOOOOOOOUM!

Elle file à toute allure!

Le même policier arrive à sa hauteur.
— DU SANG! crie Laurie en lui
montrant son frère.

Le policier l'escorte jusqu'à l'hôpital.
Laurie entre à l'urgence, confie son frère
à un médecin, qui recoud le doigt blessé.

Laurie retourne à la maison avec son frère et frappe à la porte.

BOUM, BOUM, BOUM, BOUM.

— Oh, Laurie! dit sa maman en ouvrant la porte. Tu as sauvé ton frère!

— Tu as sauvé ton frère! dit son papa. Tu n'aurais jamais pu le faire sans ton fauteuil roulant. Tu peux le garder, ton fauteuil, Laurie.

— Merci beaucoup, dit Laurie. C'est un très beau fauteuil, mais je n'en veux plus.

— Oh, non! dit sa maman.

— Oh, non! dit son papa. Qu'est ce qu'il a, ce fauteuil?

— Il est...

...TROP LENT.